LES

MÉRINOS

FRANÇAIS,

POÈME EN DEUX CHANTS.

ORLÉANS,

DE L'IMPRIMERIE DE GUYOT AINÉ.

1819.

AVANT-PROPOS.

Dans ce moment, les troupeaux de bêtes à laine sont l'objet particulier des spéculations des agriculteurs. La race espagnole se multiplie de toutes parts, et les grands propriétaires s'empressent de la naturaliser dans leurs domaines. Cet intérêt qu'elle leur inspire augmente les richesses de notre sol ; il les engage à tenter divers essais favorables à l'agriculture ; mais en les fixant dans leurs châteaux, il a encore un autre avantage pour les campagnes.

Autrefois les classes élevées de la société corrompaient les classes du peuple ; alors les bonnes mœurs étaient dans les chaumières, l'immoralité dans les palais et dans les châteaux. Tout a changé à cet égard : en général, la révolution a corrigé les riches et les grands. Dans le malheur les vertus consolent ; tout ce que la France possède de plus distingué n'a trouvé que trop d'occasions de connaître leur prix.

D'un autre côté , les ignobles excès dont nous avons été les témoins , ont produit un effet salutaire sur les cœurs qui conservaient quelque délicatesse dans les sentimens. Des mœurs corrompues que couvrait un vernis brillant , pouvaient séduire ; dans des orgies dégoûtantes, elles se sont montrées sous l'aspect le plus hideux : le vice et la débauche ont été déconsidérés , et aujourd'hui l'immoralité est de mauvais ton.

Mais le changement s'est opéré en sens inverse dans les classes inférieures. Aux causes générales qui ont produit cet effet il faut ajouter une cause particulière pour les habitans des campagnes.

Une foule de petits propriétaires, imbus des mauvaises doctrines répandues à cette époque , y ont été attirés par les bouleversemens de la révolution. Dans les villes , leur obscurité les rendait peu dangereux ; mais ils arrivèrent dans les campagnes , exercés à l'éloquence des clubs , et la mémoire chargée de tout le fatras des journaux ; ils eurent sur des hommes ignorans une funeste influence, augmentée encore par les emplois dont plusieurs d'entre eux furent revêtus. Ils initièrent les villageois à leurs principes antireligieux et antisociaux; ils peuplèrent le hameau de sophistes et d'esprits-forts, et, à la restauration, le mauvais esprit des paysans fit connaître l'empire qu'exerçait sur eux cette classe de propriétaires. A cette époque, ils s'alarmaient du retour des idées saines et raisonnables; leurs lieux communs philosophiques allaient se trouver sans emploi; un même coup renversait le trône révolutionnaire et le génie des docteurs de village.

Ce fut alors qu'ils redoublèrent leurs déclamations furibondes pour empêcher le triomphe des principes qui devaient les rendre à leur nullité. Ils répandirent mille calomnies contre les Princes de la famille royale, particulièrement désignés à leur haine. Leur parti ne pouvait encore exécuter ses coupables projets; ils en préparaient l'exécution en relâchant les liens qu'ils espéraient rompre un jour; et si l'un de ces Princes, si la Fille de Louis XVI venait à traverser leur village, à son passage ils refusaient de jeter quelques fleurs sur le sol français souillé du sang de ses parens.

Aujourd'hui le succès a augmenté leur audace : des écrits où sont prêchées leurs doctrines viennent achever l'ouvrage qu'ils ont commencé, et *la Minerve* est le complément de leurs discours. Si quelques-uns d'entre eux ont recouvré leurs places, et sont par-là contraints à plus de retenue, ils mesurent avec une exactitude rigoureuse le degré de soumission qu'ils doivent au Souverain qui les emploie. Certes, ceux-là ne sont point des *ultrà*; ils se sont réduits à cet égard au plus strict nécessaire, et n'ont de fidélité que juste ce qu'il faut pour toucher leur traitement.

Les grands propriétaires, ceux du moins qui ne quittent point la ville pour venir ajouter au mauvais esprit des campagnes, diminuent l'influence de cette classe dangereuse. Leur exemple, auquel l'autorité du rang et de la fortune donne plus de poids, ramène insensiblement les villageois à leurs anciennes mœurs; ils les réconcilient avec la grandeur, et, dans des lieux éloignés, privés de la présence du Souverain, la considération dont ils jouissent est l'éclat du trône, comme l'amour qu'ils inspirent en est l'appui.

La France doit donc s'applaudir des soins nouveaux qui attirent ses riches citoyens dans leurs terres; et ce serait pour la poésie un but très-patriotique, que celui de seconder l'empressement général, en ornant de ses brillantes couleurs des leçons qu'elle donnerait aux riches agriculteurs sur le nouvel art des bergers, art devenu plus étendu et plus difficile par les soins que demandent les troupeaux précieux qu'on veut naturaliser. Les habitans des châteaux, livrés aux modestes travaux du bercail, et les ennoblissant par leur luxe et par leurs fêtes, fourniraient de jolis tableaux à un poème didactique sur un pareil sujet; ils relèveraient la fadeur du genre pastoral; les scènes de bonheur qui y sont si souvent décrites, ne seraient plus des rêves du poéte.

Le but utile que j'indique ici n'est point celui que je me suis proposé. Ceci n'est point un poème didactique ; c'est la description des principales scènes de la nouvelle bergerie. Ajouter à l'intérêt qu'elle inspire, et se faire lire avec plaisir, est le seul mérite que puisse avoir un pareil ouvrage. Si, en me bornant à ce mérite, le lecteur trouve encore mes prétentions trop hautes, ce n'est point assurément que j'aie méconnu les ressources de mon sujet. J'ai bien fait entrer dans mon plan les détails agréables qu'il comporte ; mais ici l'intention n'est point réputée pour le fait, et il eût mieux valu les faire entrer dans mes vers.

LES
MÉRINOS
FRANÇAIS,
POÈME.

CHANT PREMIER.

Qu'un autre, dans des chants répétés tant de fois,
Pour des bergers obscurs fasse entendre sa voix;
Le bercail s'ennoblit, ma flûte pastorale
Rendra des sons nouveaux sur un nouveau Ménale.
Je chante ces bergers qui, du sein des cités
Près d'un heureux troupeau dans nos champs transportés,
Tytires opulens, de leurs brillans usages
Et de leurs noms pompeux étonnent nos villages.

D'un champêtre séjour comme eux tu fus l'honneur ;
Comme eux dans le hameau tu cachas la grandeur : ·
Pour diriger ma voix, divin pasteur d'Admète,
En t'abaissant comme eux, viens porter la houlette.
Et toi, Pan, dont le nom, si cher à nos troupeaux,
Trop souvent du poëte a lassé les pipeaux,
Sur mon riche bercail daigne veiller encore.

Vous sur-tout, dieux nouveaux que le village implore,
Illustres citadins, noble habitant des cours,
Ma muse vous rappelle au retour des beaux jours.
L'hiver a fui, sortez d'une longue indolence ;
Le château sans honneurs se plaint de votre absence ;
La ferme vous attend ; allez, nouveaux Jasons,
A l'Ibère enlevez ses utiles toisons,
Et loin de vos cités, divinités propices,
Portez-nous leurs trésors sans nous porter leurs vices.

Vous enfin, vous aussi, qui, par de tendres soins,
Du troupeau favori prévenez les besoins,
Venez, de nos bergers opulentes compagnes,
De vos doux sentimens animez les campagnes ;
Par un aimable empire exercé sur les cœurs,
Rendez le villageois à ses antiques mœurs,
Et que l'humble hameau, décoré sur vos traces,
Pour hôtes ait les dieux, les vertus et les grâces.

Le voile de l'hiver n'attriste plus nos yeux ;
Déjà l'astre du jour s'élevant radieux,
Disperse les vapeurs qui cachaient sa parure ;
D'un pénible sommeil il tire la nature ;
Il rend, en reprenant son éclat printannier,
L'herbe aux troupeaux, ses feux au céleste Belier ;
Et reporte à nos bois, sans ornemens encore,
L'écharpe du Printems et les couleurs de Flore.

Le bercail a reçu des habitans nouveaux :
Voyez ses nourrissons, prix de si longs travaux,
Les jeunes mérinos quand ils viennent de naître,
Objets de l'intérêt de leur illustre maître.
Mars lui doit ses lauriers, ou Thémis son éclat ;
Il brille à la tribune, il enrichit l'Etat.
Aux travaux des bergers cependant il s'abaisse ;
Il quitte ses emplois, il arrive, il s'empresse.
De ses nombreux troupeaux devinant les besoins,
De serviteurs grossiers il dirige les soins,
Et d'un art ennobli savant à les instruire,
Dans leur routine aveugle il aime à les conduire.

Une épouse chérie, ornement des cités,
Au milieu du bercail s'avance à ses côtés,
Rassemble les agneaux, tour-à-tour les caresse,
De leurs doux vêtemens compare la finesse,

Presse d'un doigt léger la neige des toisons,
Et portant aux brebis leurs faibles nourrissons,
Des besoins de l'enfance, aimable et savant guide,
Règle dans ses écarts l'instinct encor timide.

Son fils, en l'imitant, de loin suit le berger ;
Il apporte aux brebis ou l'herbe du verger,
Ou le trèfle, ou le son, ou le tendre feuillage,
Dans l'espoir du bercail retrouve son image,
Et pose tour-à-tour sur cet ami naissant
Et sa bouche enfantine et son bras caressant.

Sa mère, en souriant à ces jeux de l'enfance,
Retient l'aimable agneau qui de leurs mains s'élance.
Entre ses protecteurs il vient se reposer ;
De deux bouches son front ne reçoit qu'un baiser,
Et l'amour maternel avec lui se partage.

O toi, de tant de soins objet dès ton jeune âge,
Puissent-ils pour toujours t'attacher à ces lieux !
Si d'un autre climat tu n'as plus les beaux cieux,
Si tu ne foules point dans la froide prairie
Les gazons odorans des monts de ta patrie,
Heureux par ton exil, au moins tu ne vois pas
Les ruines qu'au loin y sema sur ses pas
Des braves Castillans le vainqueur éphémère.

Douloureux souvenir ! au beau sol de l'Ibère,

Ce sol dont le bercail reçoit un don si doux,
Un plus noble présent jadis fut fait par nous.
De ces Lis adorés que cultivait la France
Un jeune rejeton, des peuples l'espérance,
Chez nos heureux voisins fut par nous transplanté.
Il croissait plein de grâce et plein de majesté ;
L'orage a renversé la tige maternelle ;
Il a brisé sa tête et si forte et si belle,
Et les suivant encor en franchissant les monts,
Il a comme la tige atteint les rejetons.
Ils sont aussi tombés ; les Lis ont des orages
Sur la terre adoptive attiré les ravages.
Enlevé de ton sol et transplanté comme eux,
Puisse-tu parmi nous être moins malheureux !

    Mais déjà le troupeau quitte la bergerie ;
Le jeune agneau déjà bondit dans la prairie ;
Du château repeuplé les maîtres opulens
S'arrachent pour les suivre à leurs plaisirs brillans ;
D'élégantes Philis et d'illustres Glycères
Etonnent le hameau par leurs grâces légères.

    Les poètes cent fois ont consacré leurs chants
A peindre le bonheur qu'on goûte dans les champs.
Tout rit à leur pinceau ; des plaisirs du village
Il trace une infidèle et séduisante image.

Hélas ! de nos hameaux l'habitant malheureux
Goûte peu ces plaisirs qu'on nous dit faits pour eux ;
Mais l'heureux citadin qui porte la houlette
Pourra réaliser les rêves du poéte.

    Dans la plaine suivez ces deux jeunes époux ;
A la ville leurs nœuds n'étaient point aussi doux.
Cet arbre qui promet sous sa voûte tranquille
Un ombrage aux brebis, au mystère un asile,
Ces arbustes en fleurs qui forment des berceaux,
La fraîcheur de ces bords, le chant de ces oiseaux,
Les sons que la musette aux plaines fait entendre,
Dans le calme des champs tout rend leur cœur plus tendre.

    Cependant le troupeau, gardé par son berger,
Erre paisiblement et se croit sans danger ;
Son ennemi le suit, avide de carnage.

    Fuyez, bergers, fuyez ce dangereux ombrage ;
L'horrible Lycaon cherche l'obscurité :
Dans ces jours tout ajoute à sa férocité ;
Pour ses hideux enfans il demande une proie.

    A-t-il vu la brebis ! plein d'une affreuse joie,
Plus pressé par la faim, plus altéré de sang,
Il lui lance de loin un regard menaçant.
L'ennemi du bercail, dans son obscur asile,
A les traits effrayans que lui donnait Virgile,

Quand il peignait Turnus cherchant au loin des yeux
Et les guerriers troyens et leur chef odieux (1).

De l'ennemi cruel qui de l'œil les dévore
Défendons les troupeaux, il en est temps encore.
Que sur les bois touffus où le monstre est caché
Le regard du berger soit sans cesse attaché;
Qu'il y place son chien, active sentinelle,
Qui porte l'épouvante à ce gardien fidèle?
C'est le loup : suivons-le dans son affreux séjour;
L'objet de notre effroi tremble enfin à son tour;
Pour éviter nos coups il fuit d'un pas rapide.

Du monstre quelquefois la marche est moins timide:
De la forêt voisine habitant affamé,
S'est-il souvent fait voir au village alarmé!
Auprès de nos logis, autour de nos étables,
Imprimant chaque jour ses traces redoutables,
Par d'affreux hurlemens, objets de nos terreurs,
Nous a-t-il fait prévoir ses prochaines fureurs!
Du bercail protégeons le peuple trop timide,
Dans un fossé profond, dans un lacet perfide,

---

(1)   *Ille asper et improbus irâ*
Sœvit in absentes ; collecta fatigat edendi
Ex longo rabies, et siccœ sanguine fauces. Énéid.

Qu'au milieu de la nuit le loup tombe arrêté;
Présentons des poisons à sa voracité.

Si toujours il échappe aux piéges qu'on lui dresse,
Que la force l'attaque et seconde l'adresse;
Que des champs envahis le riche possesseur
Suspende à son côté l'arsenal du chasseur,
Et pour punir du loup la farouche insolence,
Méléagre nouveau, s'arrache à l'indolence.

La ferme est rassemblée; il commande, et du jour
Aux portes du château devance le retour :
« Partons, un jour entier au loup faisons la guerre;
» De nos tubes d'airain allumons le tonnerre,
» Et que leurs feux lançant des globes meurtriers,
» D'un féroce ennemi délivrent nos foyers. »

Le bois noir et touffu qui couvre le village
Est le repaire impur de l'animal sauvage.
O Diane! si Pan a su toucher ton cœur,
Défends-nous; de ces bois que Pan sorte vainqueur.

Du lâche fugitif on cerne la retraite;
Les vents qui l'ont trahi dans sa marche secrète,
Apportent à nos chiens, aussitôt qu'il a fui,
Les atômes infects qu'il lance autour de lui.
Sur les traces du cerf la meute si rapide
Repousse cette odeur, et marche plus timide.

Mais l'animal paraît; la foudre, en s'enflammant,
Part, l'atteint : il chancelle, et tombe pesamment.
Le vainqueur aussitôt pousse des cris de joie.
A ses chiens hérissés s'il livre cette proie,
Ils marchent en grondant vers l'animal hideux :
Son cadavre est encor redoutable pour eux.
Aux portes de la ferme on attache sa tête,
Et ce jour au bercail devient un jour de fête.

Déjà près des Gémeaux dans nos champs chaque jour
Le soleil cependant avance son retour.
Au tranchant de la faux livrés sur la prairie,
Et le trèfle odorant, et l'herbe de Médie (1),
Et le pois qui résonne en sa longue prison,
Sont ravis à l'été pour une autre saison.
Leurs tiges sur le sol par le faneur jonchées
Sous son trident actif s'entassent desséchées;
En attendant l'hiver, le maître des troupeaux
Dans ses vastes greniers les conserve en monceaux.

Lorsque de nouveaux feux ont dévoré la plaine,
Quand les troupeaux plus lents sous le poids de leur laine
Résistent au berger, et marchent pesamment,
On les délivre enfin de ce lourd vêtement.

---

(1) La luzerne, *medicago sativa*. Elle est originaire de Médie.

Au bercail tout est prêt : la famille appelée
Est autour du tondeur en cercle rassemblée.
Sous son agile main tout le peuple bêlant
Au fer qui le dépouille est exposé tremblant.
Il étend devant lui la brebis favorite;
Des enfans du château le jeune cœur palpite.
A l'aimable brebis que le terrible acier
Ne fasse point sentir son tranchant meurtrier!
Que l'instrument plus doux, qu'une main plus légère
Tonde sans la blesser cette tête si chère!

En rentrant au bercail à la voix des bergers,
Les troupeaux dépouillés bondissent plus légers.
Si d'un mal dégoûtant, trop commun à leur race (1),
Sur elles les brebis ont laissé voir la trace,
Quand du poids des toisons leurs flancs sont déchargés,
Pour les guérir le soufre, en cristaux orangés,
S'unit à ce métal dont les masses tremblantes (2)
Pèsent du firmament les colonnes brillantes.

Tandis qu'un Esculape à ces soins est livré,
On se rend au festin pour ce jour préparé.

---

(1) La gale.
(2) Le mercure. *Tonsum tristi contingunt corpus amurcâ,*
Et spumas miscent argenti, vivaque sulphura.
Virg. Georg.

Le riche agriculteur à ce banquet appelle
D'amis et de parens une troupe fidèle.
Là chacun à l'envi célèbre ses travaux,
Exalte son bonheur et vante ses troupeaux.
C'est lui qui du berçail éloigna la famine ;
C'est lui qui du fermier réforma la routine.
Au milieu du repas, des Muses quelquefois
Un jeune nourrisson fait entendre sa voix.
De ses chants que précède une gaîté bruyante
Il a pris pour sujet une fable riante,
Et, de la bergerie en rappelant les dieux,
Il rassemble en couplets ses vers ingénieux.
Le convive charmé les écoute en silence.

« Gloire à ces mérinos qui font notre opulence !
» Favori de Palès, heureux agriculteur,
» Conserve ta richesse et connais-en l'auteur.

» Jadis Pan dédaigna les nymphes du bocage ;
» Aux belles des cités il porta son hommage.
» Attentif à leur plaire, il leur offrait pour dons
» Les tissus que formait la laine des toisons ;
» On dédaignait ses soins, et ces beautés trop fières
» Refusaient de porter ces parures grossières.

» Pour vaincre leurs mépris, par son pouvoir divin,
» Pan rendit ce duvet et plus doux et plus fin :

» Don nouveau du bercail, par sa délicatesse

» Il devint cher au luxe, et charma la mollesse.

» Sur la trame, du schall il forma le tissu;

» Chez son peuple brillant la ville le reçut:

» Etoffe précieuse, enveloppe légère,

» Il couvrit la princesse, et quitta la bergère, »

Le citadin sourit à l'enfant d'Apollon,

Et du dieu des bergers aime à trouver un don

Dans ce duvet soyeux qui, sous des mains habiles,

S'embellit pour parer les beautés de nos villes.

FIN DU PREMIER CHANT.

CHANT II.

CEPENDANT les troupeaux aujourd'hui trop nombreux
Demandent à leur maître un arrêt rigoureux.
Repoussés du bercail, les sujets inutiles,
Ceux que l'âge à l'hymen a rendus inhabiles,
Par un œil prévoyant sagement condamnés,
Aux couteaux meurtriers seront abandonnés.

Inexorable juge, en cet emploi pénible
A la douce pitié désormais insensible,
D'un long attachement n'écoute plus la voix.
Du signe redouté marque, en fixant ton choix,
Ces enfans du bercail à nos dédains en butte,
Qu'un sexe a reniés et que l'autre rebute,
Et sur-tout la brebis, qui, sous le poids des ans,
En suivant le troupeau marche à pas languissans.
Indocile à sa voix, rebelle à sa houlette,
Du troupeau sans regret le berger la rejette.

Pour avoir de son âge un indice certain,
Qu'on l'entraîne à l'écart, qu'en un sage examen

Le regard attentif s'arrête sur sa bouche (1).

Si des monts et des bois le despote farouche
Présente dans ce gouffre à l'œil épouvanté
D'horribles instrumens de sa férocité,
Le maître du bercail peut être sans alarmes ;
Les dents de la brebis sont d'impuissantes armes.

Leur utile assemblage, à l'œil peu menaçant,
Ne se partage point en un double croissant ;
Du palais désarmé que l'aspect nous rassure (2).
Ce ceintre régulier que forme la nature
Est sans force d'abord ; mais son émail brillant,
Promptement ébranlé, s'entr'ouvre au bout d'un an (3).
Dans des moules étroits, sur des socles humides,
Se formeront deux dents, colonnes plus solides.
Douze autres mois encor se sont-ils écoulés,
Deux pans nouveaux sont joints aux étais ébranlés (4),
Et le mur, à cinq ans, régulier, moins fragile,
S'élève reconstruit sur sa base mobile ;

---

(1) L'âge des brebis se connaît à l'inspection des dents.

(2) Les brebis n'ont point de dents à la mâchoire supérieure.

(3) A un an les brebis perdent les deux dents de lait du milieu.

(4) A deux ans il tombe deux autres dents de lait.

Il présente à nos yeux ses huit blocs éclatans (1).

　Quand la brebis atteint son septième printemps,
Le ceintre est émoussé, sa blancheur est ternie;
Il perd le vêtement dont sa base est munie,
Et les pans délabrés, vieillis, moins réguliers,
Offrent à nos regards leurs fondemens grossiers (2).

　On prononce l'arrêt; à ses bourreaux livrée,
La troupe est du bercail à l'instant séparée.

　Lorsque l'usurpateur du trône de nos Rois
Nous tenait asservis à ses injustes lois,
De son ambition victime infortunée,
La jeunesse française, au trépas destinée,
Tous les ans s'assemblait, et, comme un vil troupeau,
A la voix du tyran s'éloignant du hameau
Pour tomber immolée en des terres lointaines,
Etait ainsi livrée à ses mains inhumaines.
Patiente victime, ainsi par sa douceur
Le Français secondait son farouche oppresseur.

　Les proscrits tristement suivent leur nouveau maître :
Allez, infortunés que nos yeux ont vu naître;

─────────────

(1) Les huit dents de lait sont remplacées à cinq ans.

(2) Tout cela veut dire qu'à sept ans les dents s'émoussent, s'ébrèchent, se noircissent et se déchaussent. Tous ces détails se donnent en prose plus aisément et sur-tout plus clairement qu'en vers.

D'un barbare habitez les antres meurtriers,
Vous ne reverrez plus nos paisibles foyers.

Quand la sage rigueur d'un maître impitoyable
A compris dans l'arrêt de ce jour redoutable
Le belier dont les ans ont refroidi l'ardeur,
A l'époux des brebis qu'on cherche un successeur
Aux lieux où du troupeau la race paternelle
Se conserve à grands frais et plus pure et plus belle;
Et d'un brillant hymen le bercail honoré
Reprendra son éclat, s'il a dégénéré.

Mais déjà le soleil de sa longue carrière
Au Capricorne atteint la céleste barrière;
Il allonge les nuits, il abrége les jours,
Et sous d'épais brouillards il se cache en son cours.
Le voile de l'hiver qui s'étend sur nos têtes
Annonce le retour de l'une de nos fêtes.

L'airain s'est ébranlé, le peuple du hameau
S'apprête à visiter un Dieu dans son berceau:
On part, et de la nuit l'ombre religieuse
Rappelle un grand mystère à la troupe pieuse.

Ce Dieu, pour racheter les coupables humains
Justement condamnés par les arrêts divins,
Sous de terrestres traits a caché sa puissance.
Dans le fond d'une étable il reçut la naissance,

Et de l'ombre des nuits et de la pauvreté
Chercha pour son berceau la double obscurité.

Des bergers, les premiers honorant son jeune âge,
A ce Dieu nouveau-né portèrent leur hommage ;
Chez les bergers chrétiens tout est en mouvement
Pour célébrer encor ce grand événement (1).

D'avance on a choisi pour la fête prochaine
Un agneau que le soir du bercail on amène.
Au château, des enfans, autour de lui pressés,
De rubans par leur troupe avec art enlacés
Composant un lien pour la main qui le guide,
Du luxe des cités chargent son front timide.

Dans l'enceinte sacrée, à l'ombre de la nuit,
Sous l'habit des bergers l'un d'entre eux le conduit (2).
Il s'avance, avec grâce il porte la houlette ;
Il marche gravement, et sur la foule il jette
Un regard sérieux qu'il veut rendre assuré.

L'agneau doit-il tomber sous le couteau sacré ?
Dans ce saint jour, l'effroi, le malheur ou le crime
Ont-ils offert au ciel cette douce victime ?

----

(1) Dans les campagnes, la fête de Noël est la fête des bergers.
(2) Cette cérémonie a lieu dans presque tous les villages où il se
trouve des bergers.

Non, ce temple n'a point un aspect menaçant ;

Non , l'autel des chrétiens n'est point souillé de sang ;

Pour l'agneau favori que nos cœurs soient sans crainte.

Mais, en suivant son guide au milieu de l'enceinte,

Nourri par le bercail dans le calme des champs,

Ces ornemens pompeux, cette foule, ces chants,

Des cristaux suspendus la lumière éclatante,

Au timide animal tout porte l'épouvante.

La troupe qui le guide aux lévites s'unit ;

Il s'avance en bêlant ; le prêtre le bénit,

Et , plein du zèle actif de son saint ministère,

Il fait tonner sa voix que ce peuple révère.

« Habitans du hameau, que votre obscurité

» Eût dû défendre au moins contre l'impiété,

» Revenez, écoutant des avis salutaires,

» Revenez à ce Dieu qu'ont adoré vos pères ;

» Il est l'ami du pauvre et son consolateur ;

» Le pauvre pourrait-il lui refuser son cœur ?

» Dans son berceau divin fêtez à sa naissance

» Celui qui comme vous vécut dans l'indigence.

» En ce jour solennel, et son culte et ses lois

» Doivent être plus chers à l'humble villageois.

» Le sang de votre agneau, son innocente image,

» Pour lui ne serait point un agréable hommage ;

» Mais bientôt, autre Agneau placé sur nos autels,
» Ce temple le verra s'offrir pour les mortels,
» Et dans ce sacrifice, ô Mystère sublime !
» Du ciel qui la reçoit descendra la victime. »

Il dit : de ses erreurs le chrétien repentant
A de sages conseils se rend en l'écoutant,
Et cédant au pouvoir de sa simple éloquence,
Sur ces graves objets il médite en silence.

A l'écart cependant humblement prosterné,
Le pieux laboureur offre au Dieu nouveau-né
Un cœur qu'à la vertu toujours on vit fidèle.
A ses soins journaliers ce tableau le rappelle;
Pour ses nombreux troupeaux il prie avec ferveur.
Du ciel toujours sur eux s'arrêta la faveur;
Le ciel doit l'exaucer, et le Dieu qu'il implore
Des rigueurs de l'hiver veut les défendre encore.

Mais la plaine et les bois sont couverts de frimats:
Le mérinos languit, il craint nos froids climats.
Sagement alarmé par sa délicatesse,
Son maître de l'hiver prodigue la richesse;
Il livre enfin la grange, il ouvre ses greniers,
Et d'un fourrage épais charge les rateliers.
Le trésor que, l'été, ménageait la prudence,
Aux jours de la disette entretient l'abondance.

Bientôt la neige tombe et blanchit les ormeaux;
La glace dans leur lit enchaîne les ruisseaux;
Les champs sont dépouillés, et les troupeaux à peine
Osent quelques instans s'arrêter dans la plaine.

Le soir, à leur retour, quand le berger transi
S'approche d'un ormeau que Vulcain a noirci,
Pour filer les toisons la ferme rassemblée
Près d'un fanal obscur se presse à la veillée.

Un César en retraite et le vieux laboureur
Par des discours divers abrégent sa longueur.
L'un en termes pompeux au crédule auditoire
Conte de ses exploits la véridique histoire;
L'autre, d'un ton naïf et d'un air sérieux,
Répète les récits que faisaient ses aïeux,
Du vieux fort qu'aperçoit la plaine qu'il domine
Les assauts meurtriers et l'antique origine,
L'ombre de ses dongeons, les cachots de sa tour,
Ses bois du loup-garou redoutable séjour,
Et le spectre ambulant et l'histoire tragique
De deux amans, objets d'une romance antique.

Tandis qu'il trace encor ses tableaux effrayans,
Les vents frappent le toit dans leurs combats bruyans.
Ils doublent la terreur que ce récit inspire;
La jeune fille à peine en l'écoutant respire;

Du rouet sous sa main les orbes sont plus lents,
Et la laine se brise entre ses doigts tremblans.

A son tour le château d'une longue soirée
Aux travaux et aux jeux consacre la durée.
Le salon a reçu ses maîtres opulens ;
Un lustre au milieu d'eux jette ses feux brillans,
Et sur le long foyer qu'entoure la famille
La flamme dévorante en s'allumant pétille.

Pour orner le tapis de guirlandes de fleurs,
Offerte aux arachnés sous diverses couleurs,
La laine des toisons de la race étrangère
Se nuance avec art sous une main légère.
C'est le travail savant des filles du château ;
L'aiguille est sous leurs doigts rivale du pinceau,
Et leur art patient, guidé par la peinture,
Au sopha du salon fournira sa parure,

D'autres travaux, des jeux que pour délassemens
L'actif agriculteur a pris dans ces momens,
Charment de ses loisirs la longueur importune.

Ici, multipliant les coups de la Fortune,
Les cartes, pour former leurs mélanges divers,
En deux légers monceaux couvrent des tapis verts.

Les dés que du joueur l'œil inquiet dévore,
Là sortent d'un cornet pour y rentrer encore;

Sur la bruyante arène où le sort les conduit,
La crainte les attend, l'espérance les suit.

Et plus loin deux rivaux, d'une lente victoire
Sur un théâtre étroit se disputant la gloire,
Courbés sur l'échiquier où sont cloués léurs yeux,
Guident des combattans les pas silencieux.

Mais les jeux sont finis; pour la troupe opulente
L'heure de la veillée en sa marche est trop lente.
D'abord des potentats les divers intérêts
A de graves discours ont fourni des sujets;
Le maître du château dans ces entretiens brille.
Quand ils sont épuisés, à la jeune famille
Son épouse promet le plus touchant récit.
En s'approchant du cercle elle commence ainsi :

« Il est près de ces lieux un couple dont la vie
» Cent fois pour ses voisins fut un objet d'envie;
» Mais sous un ciel moins calme et dans l'adversité,
» Le bonheur fut par lui chèrement acheté.

» Lorsque les factions épouvantaient la ville,
» Et que ses murs n'offraient qu'un dangereux asile,
» Que loin de leurs foyers les riches et les grands
» Sous le chaume échappaient aux regards des tyrans,
» Ce couple vertueux et qui par sa naissance
» Avait trop alarmé leur jalouse puissance,

» Proscrit par ses arrêts, vint aussi dans ces lieux
» Chez l'habitant des champs se cacher à leurs yeux.
  » Ce domaine, aujourd'hui si chéri par son maître,
» Dans ses plaines jamais ne l'avait vu paraître;
» Inconnus aux colons, en d'agrestes travaux,
» Prenant pour vêtement la bure des hameaux,
» Ces époux, par les soins d'un serviteur fidèle,
» Sans danger habitaient leur demeure nouvelle.
» Ils gardaient les troupeaux, et son déguisement
» Du couple secondait le doux empressement.
» Ensemble dans la plaine, au bois, sur la verdure,
» Ils s'aimaient constamment dans une vie obscure;
» Avec eux le bercail, sous sa bure et ses jeux,
» Cachait le vrai bonheur dans ces jours orageux. »
  Elle dit, du salon charme la troupe oisive.
A ses touchans récits la famille attentive
Trouve encor plus d'attraits au séjour du hameau.
De deux époux heureux l'attendrissant tableau
Des bergers du Lignon lui rappelle la vie,
Et fait au citadin aimer la bergerie.

www.ingramcontent.com/pod-product-compliance
Lightning Source LLC
Chambersburg PA
CBHW061608180626
46818CB00005B/1997